ちゃうん
ちゃいます？

角野裕美詩集

土曜美術社出版販売

詩集　ちゃうんちゃいます?　＊目次

其の三　May I help you?

其の四　襟巻のミンティ

詩集

ちゃうんちゃいます?

其の一　もう　と　まだ

もう　と　まだ

起き抜けに　鏡を覗くと
思っていた以上に　むくんだ顔の
記憶の「私」とは違う「ワタシ」が
それはそれは　無愛想な目鼻立ちのまま
「もう　あかんのと違うか」　と
他人の声で　つぶやく

とはいえ　お天道さまが昇った以上
とりあえず今日の「ワタシ」を

活かしていかなくてはならない

――「ブルーの小物を身につけると　良いことが舞い込むかも」
テレビの星占いは　蟹座の「ワタシ」を　励ましにかかる

それならばと
気に入って着倒している
花柄ワンピースを　被る
ブルーのビーズネックレスは
キラキラキラキラ　輝く（かもしれないための）呪文

「まだ　いけるんとちゃうの」　と
姿見の中の「ワタシ」が　口角を目一杯上げて

記憶の中にいた「私」の声で　早口でささやく

もう　もう　もう　と
後ずさりながら
まだ　まだ　まだ　と
にじりながら

まだ
もう
ちょっとだけ
押し問答

横たわる洋梨

モノクロームの画面には
ぺちゃんこの洋梨がひとつ横たわっていて
真ん中に
一本の筋がある
典型的な更年期の
子宮レントゲン画像

それでもひっそりと
奥まった秘密の部屋は在る

かつては
ふっくらとふくらんでいた部屋
ふわふわとあなたを包み込むために

揺さぶられ
しっとりといっぱいに
満たされたあのときの
網膜の裏に上がった
あの感情は
刻み込まれているというのに

「補充する女性ホルモンが必要ですね」
太り肉の女医は

唇の片側だけ引き上げて
笑顔を見せる
「健康診断結果からも補充可能な体質です」

――飲み薬にしますか
――貼り薬のパッチにしますか
選択肢はたったの二つ

正しくは吐き出されない
潰れた洋梨の火照りは
一直線に身体の中を駆け昇り
顔の赤いのぼせと化す
かろうじて生きている
ことの証明

で
あるかの如く

水無月

空梅雨かと見せかけた梅雨前線は
気まぐれな輩で
しとしと
さめざめ
ざんざんざん
と
雨音は強さの目盛り

家の中にいても

容赦なく湿り気の
忍び込んで来ては
じっとりと纏わりつく

ただでさえ
水捌けの悪くなったワタシの身体は
このじめじめを
上手く処理することが出来ず
皮膚の下でふやけ
じくじくとした何かを
口周りから
汚らしく排出しようと試みる

こんなことなら

蝸牛にでも生まれ変わり
コンクリートの中のカルシウムを
食み続けるという夢を
ただただ見続ける方が
ましなのかもしれない

キレイに晴れ渡る
生まれ月の七月に思いを馳せて
ベッドから抜け出し
なんとか
気持ちを縦にしようと試みる水無月
の

川を渡れ

危ないですから
向こう岸に渡ってはいけません
「良い子のみんなは気をつけてね」
刻み込まれた言の葉

せせらぎが小川になり
流れが増していった川
その川にきちんと沿うて
ずっと歩いて来た

いつしか
渡ることなどすっかりと忘れ

祖父母を見送り
叔父や叔母を見送り
父母を見送り
友さえ見送るまでの齢を重ねた
こんにち
歩む先を見遣れば
ざぶざぶと川に入り
渡りゆく中年のおんなたちの在りて

「川を渡ってもいいのですか？」

「渡りたいから　渡るのです」

「流されるかもしれないのに?」

「渡るのです　今だからこそ」

すいすいと渡りゆく

向こう岸に着いて
何かを叫んでいるようだが
わたくしには聞こえない
あっという間に
おんなたちの姿は見えなくなった

「今　川を渡れ」
と
遠いところから声がした

順送り

軽やかに
十九歳の夏を迎えた娘は
素足にサンダル
緑のペディキュア
流行のスキニーパンツを履いて
きらきらの光の中へ

それは舳先《へさき》から
勢いよく大海へと

飛び込んでゆくようで
私には眩し過ぎて
目を開けては見ていることが出来ない

「お母さんにもそんな時代があったのよ」と
言いかけて止めた
なんだか
負け惜しみ　みたいだったから

遡っては母のことを思い出す
ただただ静かに
見守ってくれていた記憶ばかり
どんな面持ちだったのだろう
どんな心持ちだったのだろう

思い遣ることすら出来なかった
無駄に青い私ばかりしか
想い出せない

娘たちを見守ること
続いてきた「母たちの思い」を
省みて有る

順送り

そわそわ

あっという間に桜は
咲き初め咲き乱れてゆく
わたくしのことなぞお構いなし
少しくらい咲く兆しを
見せてくれても
よかったのに

凍てつく空は
確かに冬でした

いつまでも続いていくかのような
だからこそ待ち望んではいたけれど
この咲き時を
誇らしいひとときを

度の強い眼鏡をコンタクトレンズに
黒髪は淡い栗色に
ほどけそうなパーマをかけて
お化粧を施したその笑顔は
もうお母さんの知っている
二歳の甘やかな幼な児ではありません

いつまでもお母さんの内で
ひっそりと居てくれるはずだったのに

眩いばかりの春の陽を
風をも味方に
飛び立っていくあなたに

そわそわ　そわそわ
そわそわ　そわ
わ

花散る葉桜
花筏は流れ流れて
そしてわたくしはあっという間に
人生の午後三時

フィフティズ・キグルミン

しっかりと張りを持ち
私自身にぴったりと寄り添っていた肌は
三十　四十　五十
と齢を重ねるに伴い
年年歳歳　浮き上がるようになっていった

朝の目覚めがどんどんドヨンとしはじめると同時に
よれていく肌
重力に逆らえないたるみ

年相応であるならばまだ
御の字といったテイとなる頃
それでも
毎年行われるようになった同窓会では
いつだって
中学生や高校生の私に戻れているのだ

もっぱら世間は
私のことを
あるときは中年夫の古女房
あるときは社会人の娘を持つ母
あるときは年嵩の講師
と
見えているガワの

皮膚に着目をしなさっては
つまりは
立派なオバハンだと
ご判断して下さる模様
求められるものは
中年女性としての望ましき振る舞い
ああ　宜なるかな

けれども
私はわかるようになってきた
中身はフォーエバーヤング
意識なんて
そうそう歳を取るもんなんかじゃないのよって
結構

弱くて
ずるくて
青臭さも残っていて
経験した分の知恵は得られていても
駄目な
未熟なままの私がいるってこと
大声で叫んでもみたくなる

二十代のピッタリしたガワじゃわからなかった
浮き上がったガワそのものは
いうならば
五十代の着ぐるみ
ガワと中身の齟齬も
まま　面白みと受け取って

まずは
愉しんでいこうじゃないか
フィフティズ・キグルミン

其の二　ちゃうんちゃいます？

ちゃうんちゃいます?

なんで
言い返せへんかってんな
別にヘラヘラしてたわけやないけど
もっと対処の仕方ってもんがあったやろ
寝床に入ってからも続く繰り言
イヤなことを
ズバッとでもなく遠回しでもなく

身体の斜め上から
切り込んでくる感じで
上手いわな
いつの間にやらシュッて切られてる
じんわり痛い傷を負わしてくるわ

三回ほど深呼吸
グィーンと背伸び
つらつら
落ち着いて考え直す
誰にも言われたないとこを
指されたちゅう
ことかもしれんなって

……どないやねんな　ワタシ

ほんまは
ちょっと羨ましいとこもあるんかな
言葉遣いには気ィつけますけど
言いたいことを言うとこは
程よぉ見習ろうてもええかも

度胸づけも兼ねて
今度いっぺん言うてみたろ
あんまりなもの言いやった時には
「ちゃうんちゃいます?」
って

お化粧タイムの彼女は

きっと同僚には見せられないのだろうこのすっぴんの顔は
だから飛び込んできた彼女は
ロングシートの少しだけ空いていた場所に
ググッとお尻を突っ込んで
自身の部屋ではないというのに
老いも若きも男も女もいるというのに
やおらポーチを持ち出して
膝の上に小さな鏡を備えた
朝のラッシュ時に

手際よく化粧を始め出す彼女を斜めから見下ろして
この為だったのかと私は妙に納得をする
化粧下地らしいものを塗りたくったら
ファンデーションにパウダー
チークにアイシャドウ
アイブロウは歪まぬように
アイラインはきちきちの座席の中で
器用に鏡を覗きこみ
目尻を持ち上げ引いている
フルメークをするだろうとの期待を裏切らず
唇を半開きにして上を向きつけまつげを施した
そうかそうやって今のつけまつげは着けるのだなと
私だけではなくその場の多くの乗客も
きっと感心したに違いない程の装着ぶりだった

そのあとちらりと腕時計を見て
ルージュを引いて唇を上下合わせ
ターミナル駅に着くや否や
乗客を大きなカバンでぐいぐい押しのけて
彼女は化粧顔を見せるべき人たちに会いに
ずるずるとサンダルを引きずっては降りて行った

歯ぁ、が。

痛いねん　痛いねん
左の上の奥の方
腫れてはおらんねんけど
痛いねん
一日
二日
三日経ち
とうとう夜も寝てられへん
左の下やら周りやら

どこもかしこも痛なってきたやん
歯科に早《はよ》から行ってたのに
「年齢から来る痛みですわ」と
それこそ歯牙にもかけへんねん
痛み止めだけ出されても
痛みを止められへんままに
氷を噛んだらちょっとマシ
枕を高くしてみたり
外から冷やして寝てみたり
いろいろ変えてみるけれど
どないな痛さか
もうわからん
わからへんけど痛いねん
じ　わ　じわ　ジワジワ　ジワジワと

やっぱり寝てなどおられへん
どないしょどないしょって言うてたら
いつの間にやら朝やった
気絶に近い夜やった

他所の歯科医で診てもろて　ようやく痛みはとれました
被せの中の神経をグリグリ殺した午後三時

タラレバ

ああしておっタラなぁ
そうしていレバなぁ
タラレバ　タラレバ
ついつい出てくる

でもなぁ結局は
タラレバはタラレバ
タラレバやねん
今のワタシしかおらへんのやし

誰かが言うてはった
「過去と他人は変えられへんけど
　未来と自分は変えられる」って
そうやその通りや
そうしタラええねん
こうやっていけレバええねんと
大きな声で口に出して
肩胛骨をぐいっと引き寄せて
胸を思いっきり突き出して
しっかりしタラ
そうすレバ

レバレバ

レバーはドア
シュッと
レバーを押して
向こう側へ
開けてみて
み
タラ

髑髏と躑躅

髑髏――どくろ

黒マジックで
書き順はうろ覚えのまま
躑躅のネームプレートの横に
そっと書いてきましてん
形が似てますやろ

誰しも持ってる

頭の骨やのに
書いてみたらみたで
なんやしらん
恐いような気ィもしてきて

されこうべ
とも言うらしい
風雨にさらされて肉が落ちて
むきだしになった頭蓋骨は
よくみれば美しさに溢れたもんでもあり

随分と前の四月の天皇誕生日に
祖父が亡くなって
斎場に行くときのバスから見た街道に

躑躅が溢れんばかりに咲いてたのを
この時期になるとよぉ思い出します

これほどの気持ちのええ晴れの中
色とりどりのお出掛けらしき人らを尻目に
喪服の叔母がぽつんと言うてました
同じ躑躅でも見るもんによっては
えらい違うて映るんやろなって

桜が終わったら直ぐ
いっぺんに咲き始め
五月の気の早い暑さにさらされては
これまたあっという間に
一斉に立ち枯れていきます

躑躅——つつじ

かなんな

かろうじて令和元年が終わろうとしていた時に
洗って使えるからいいよと聞いた
新素材のマスクを買い求めた
一袋三枚入り
桃色のグラデーション色目のが三枚
マスクにしては高いと思ったのだけれど

一番薄い色目のは
一月はじめの寒い夕方

お散歩の時に少し走って
外した隙に何処かで落としてしまった
洗えたのに勿体ないことをしたが
まだ二枚残っているからと自分を慰めた

その次に桃色なのと一番濃い桃色なのを
順に使っていった二月はじめ
洗いながら干しながら

その間に
目に見えないアイツは
ずんずん増殖していった
わたしたちを世界を
覆い尽くすように

MASK が MUST だと言わんばかりに

介護ヘルパーの知人が
なんとか手に入ったよと不織布の白マスクを
数枚分けてくれたのが二月半ば
桃色のと白いのとを交互に使い分けながら

或る日
一番濃い桃色のをつけて
家から一番近いスーパーに出かけたとき
見知らぬ年配の女性が徐ろに問うてきた
「奥さん　そのマスク　どこで手に入るのん」
「去年買ってたものなんですわ　もう売ってないですよね」
「売ってないねん　毎朝薬局が開く前に並んでるのに

売ってないねん」
「これも何度も洗ってしもたから　そろそろ限界なんです
マスク手作りでもせんと」
思わず二人でため息をつく

「かなんな」
「かないませんね」

また或る日
荷物が多く思わずタクシーに乗ったら
白マスクの運転手さんもたずねてくる
「奥さん　ええマスクしてはるね　どこで手に入るのん」
「去年買ってたものなんですわ　もう売ってないですよね」
「うちの奥さんも　毎朝薬局が開く前に並んでるのに

売ってないねん」
セリフとして教わったかのように同じ言葉を口にする

「かなんな」
「かないませんね」

わたしたちの日常にあった普通のマスクが
今の日常ではもう手には入らない
決められたセリフを繰り返しながら
不要不急のお出掛けは無し
必要急用のお出掛けが
日に日に日に日に無くなって
どんどんどんどん日常が狭くなる
もうここから元には戻れないのかもしれないと

うすうす皆が感じ始めてきたところ
「かなんな」
「かないませんね」

＊1　かなんな　大阪や京都の方言。「適わない」の意。「かないませんね」と受けることが多い。
＊2　令和二年（二〇二〇年）新型コロナウイルス感染症（COVID-19）が世界的に流行、日本国内ではマスクが店頭から消え、入手が極めて困難となった時期が暫く続いた。

二度目の春に

朝目覚めると
少し頬と耳が冷たくなっている
あぁまだ冬がいるのだと
体温が教えてくれる

とはいえ
日も長くなって来ていることに
気づきもする
母はよく

「冬至十日経ちゃぁ阿呆でもわかる」
と言っていた
現世でまだ生きていられる私は
歳ばっかり重ねて阿呆のままやけど
ちょっとはわかってきたこともあるねんでと
空に向かって伝えてみる

マスクのまま
過ごすことが当たり前になって
巡り来た二度目の春に
あの母が生きていたらなんと言うたやろ
「少しでも気ィええように過ごす工夫せなアカンで」
と笑たんとちゃうかな

たとえば
菜の花の辛子和えがええ味になったなとか
春色のネイルのスミレ模様が可愛いなとか
天に突き上げる木蓮の蕾の形が好いなとか
心の声でそっと語りかけていくような

マスクをしていたって
口角をキリリと上げて
ちょっとだけスキップもしていける
見えないものを必要以上に恐れていた
一度目の春とは
もう違う違うんやと

其の三　May I help you?

May I help you？

「関空に行くバス乗り場は　どこですか」
日本語のアクセントが少し違う

ヨドバシカメラ梅田の前で
スーツケース片手に右往左往する小柄な女性
予備校授業帰りの午後十時に
思わず声を掛けたなら
返ってきた言葉がそれやった

直ぐにスマホでググってみる
リムジンバスはもう無いですわ
と　答えると
「まだバスがある言うたのに
そしたら電車で行きます　電車ならどれですか」

ＪＲはまだ動いてるから
関西国際空港には行けますね
遅《おそ》なりますけど　深夜便ですか
飛行機に間に合うんですか

「私のお母さん
もう死んでしまう
そやから帰らなあかんのです」

とあるアジアの都市名を挙げてくる

一見若い感じの服装でも
中年と言っていい年齢やと
額と目尻のシワが語ってる

「お母さん　死んでしまう
とにかく帰らなあかんのです」

そうやね
とにかく帰らなあかんのですね
私も同じ方向やし
ＪＲの切符売り場にお連れしますわ

道すがら問われる
「あなたのお母さん　死んでますか」
はい
もう十年も前に死んでしまいました
七十歳の
急死でした

ＪＲ大阪駅中央の切符売り場で
関西空港行きの切符を買う
もう便は　無《な》いんと違いますかと
問い直したのやけど

「有り難う　有り難う」と言うばかり

（ギリギリでも
　生きてはるお母さんに会えたらええですね）

有人改札で
関空への乗り場案内をお願いする
煌々と明るい駅の中へと
半身で手を振りながら
彼女は
吸い込まれていきました

蟻が十匹　猿五匹

――「ええ人は早う亡くなりはるな」
――七十歳で突然亡くなった母がよう話してた
――もっともっと生きてて欲しかったな
――どない思う？　お母さんって相談したかったんやけど

母を見送ってから六年という時を
この世で過ごせた父
八十二歳になっていた父が
今まさに
肩で息をしている

汗びっしょりになりながら
顎でカクカクとリズムを取るように
ああ担当医の先生が言うてはった動きを
するもんなんやなと
事態を受け入れる覚悟の無いわりに
妙なところで納得していた

おまえの話はいつも
うどん屋の釜や
そのこころは
湯ばかり——言うばっかり
理屈こねてんと
ちょっとは動かんでどないすんねんって
よぉ怒られたことを

父のおでこに掌をあてながら
思い出す

ほどなく
大きな虹が
ホスピスの上に
かぶさってきた
双子の大きな虹が

三日三晩泊まり込んでた部屋の窓から
虹の端が入り込んできたあたりで
肩の動きが止まった

お母さん

もうちょっとだけ
迎えに来んといてって
頼んでたんやけど
ほんまは寂しがりやった父の手を
架け橋を渡って来ては
引いて行ってくれたんやろか

――雨が降る日は天気が悪い
――兄貴わしより年が上
――にわとり裸足で風邪ひかん
当たり前に言う言い回しを
何気のう言うては
笑わせてくれた父

なんや腹立つなぁ思ても
蟻が十匹　猿五匹
――アリ　ガ　トウ　ゴ　ザル
の気持ちで
頭下げといたらエエんや
おまえはさかしげにするさかいな
可愛ィしとったら
また教えたろかいなって
他人さんは
助けてくれはるもんや

ホスピスで担当して下さった
お医者さんにも看護師さんにもヘルパーさんにも
ことある毎に

——おおきに　おおきに
と感謝を言うてた　父
——やさしい手ェしてはるな　べっぴんさんの手ェや
と　お父さんが言うたら
なんやしらん　皆ニコニコしだしはって
あそこまで本気で気持ちを口にしたら
人はついつい笑顔になるんやなと

最期まで
身をもって教えてくれたな　お父さん

ほんまに
蟻が十匹　猿五匹
——アリ　ガ　トウ　ゴ　ザル

Spring has come!

仕事で必要となった英会話を
学び直すことにしたこの冬
五十路の手習いは地球回転軸を大きく狂わせたらしく
記録的な暖冬を持て余し気味だ
今年は梅も桜も早く咲いてくれるねと言うと
ベンジャミン先生は
「私はオーストラリア人なので花見は別にいいんだ」
と平気で言ってのける
「桜も街路樹も　同じ木　ただの木　ただそれだけ」

と言いながらも桜の咲き乱れるイラストページの一文
Spring has come.
から現在完了形について教えてくれる

現在完了形は確か中学二年の終わりに学んだ
——過去形だと　その出来事が起こったその一点を表している印象です
——一方　現在完了形だと　それが現在と切り離された過去の一点だけ
　の出来事ではなく
——現在へと繋がって来ているイメージなのです
と教えてくれた痩せぎすの教師を思い出す
この母校の名前には桜が冠されていた
大阪の造幣局一帯も桜ノ宮と賞されており
人々の集う桜の園は自転車で行ける距離にある

たったあのときのあの日だけではなく
過去から今までへと連綿と続いてきた桜たち

咲き初めにはうっすらと
花盛りには辺りを桜色に染め上げ
散り際の花筏は川面に揺られ揺られて
桜ノ宮から大阪城へと大きく吹き抜ける風
オオルリの瑠璃色を見つけに
川沿いをあなたと手を繋ぎ歩いた想い出
十二分に満ちた月はひとつ
血脈もまた満ち満ちてわたしの中へ
そして娘たちへと繋がっていく

Spring has come!

７７７

深い夜のコンビニエンスストアに誘い込まれる
ワタシは蛾だ
目についたものはとりあえずカゴに放り込む

イラッシャイマセ　ポイントカードハ　オモチデショウカ
名札に聞き覚えのないカタカナを掲げる彼
アタタカイモノトツメタイモノノ　フクロハオワケシマスカ
スプーンハ　オツケシマスカ
オテフキハ　ゴリヨウデスカ
平坦な音の連なり

全ての問いかけに
いいえ
を繰り返す
蛾
少しだけ蛹のときに戻りたくなる

７７７エント　ナリマス
センエンカラ　オアズカリシマス
２２３エンノ　オカエシデス
レシートハ　ゴイリヨウデスカ
ゾロ目の７７７は
天使が福を授けるサインらしい

立ち読みをした占いの本に
——夢を叶える時の到来
と書いてあったような

レジ係の台詞が
蛾たちをさばいていく
平坦な音の連なりに
自国のリズムも絡ませながら

御目出度う
夢をかなえる時が来たのは
アナタ
７７７のレシートを
アナタの手の平へ

鱗粉と一緒に

「あんたなんか産むんじゃなかった」というささやき

九月に入り　流石に朝夕の暑さが小さくなって
その代わりに秋雨前線は　まるでスコールかと思わせる大雨を伴う
大雨警報　スマホに飛び込む警報音は　ずれた音音音たち

こんな日なのに冷蔵庫はからっぽで　車でお買い物に来てしまった
屋上駐車場に上がり
がらがらのスペースで思いっきりハンドルを切ってカーブしてから
エレベーターホールの目の前で停めた

食品売り場を入り口近くの野菜から精査していく
魚　漬物　豆腐　魚　豚肉　牛肉　鶏肉
お菓子　ペットボトル　冷凍食品
牛乳とヨーグルトに進んで（お惣菜には進まなかった）
最後にパンをみたら　終点レジなのだった

一番端のレジに並ぶ
（背丈の小さめの店員さん　このおかっぱは
デフォルトだと言わんばかりの髪形だ）

続けざまに言葉の矢が飛んで来た
「かごは二つに分けますね」
「駐車券三時間サービス券は　横のレジでしか発行できないけれど
ここでしてあげるね」

「レジ袋は四枚あればいいよね」

「支払いは　現金？」

親切、、、、（けれども少し声がまとわりついてきたなという刹那）

手招きして私の耳元で囁く
「親が言うんです　あんたなんか産むんじゃなかったって」
（え、、、　え、、、　？）
「だから言うんです　産むんじゃなかったって　どう思います？」
（え、、、　え？）
わたしから咄嗟に出てきたのは　「え」という形の音だけ
最後にもう一度だけ　にっこりと笑った彼女の口元
（前歯の歯と歯の隙間がすごく開いていた）

自動支払機にお金を入れるだけだから
彼女とはさようならなのだけれど

外は大雨です　御足もとにご注意ください
滑りやすくなっておりますので
と　店内放送は続いている

エレベーターホールに誰もいない
思っていたよりも重いレジ袋を
四つも抱えて車まで走る
おかっぱ彼女のささやきも
「え」という形の音たちまでも抱えて

運転席についても

ずくずくの気持ちが乾くまで
エンジンを直ぐには
掛けることはない

其の四　襟巻のミンティ

スティルライフ　#眼科

大理石タイルの外壁
ぶ厚い木の扉に真鍮の把手
ほの暗い診察室

瑠璃色玻璃小瓶
朝顔型受水器
ポリエステル洗顔瓶
消毒液に刺さる鉗子たち

病名一覧貼り紙
——結膜炎　翼状片
——結膜異物　麦粒腫
——霰粒腫　内眼炎
写実的図説

診察椅子
高い背もたれ
肘置き
深く腰掛けるわたくし

背の丈の低い
細い声の女医
白く細い指

消毒液の匂い
裏返される目蓋
洗われる眼球
ひと続きに
流れゆく

蒼い泪

歯科医師S氏の指先

治療室に入り
リクライニングシートに身を預ける
もう知ってしまっているあの音が
私自身を動けなくしてしまう

「左上の歯が痛むのですね」と
マスクの上に円らな瞳を輝かせて歯科医師は
優しい眼差しで問うて来る
この雰囲気に騙されてはならないと

動けない身体の代わりに意識だけでも尖らせてみるのだが
「はい　お口を開けて」に
ついつい口を開けてしまう

「はふはんせつそうあんで」（顎関節症なんで）と
口が開け難い言い訳を伝えれば
少しは手加減してくださるのではないかとの淡い期待も虚しく
キーンキーンガガガガリガリリ…と
奥歯を削っておられる歯科医師Ｓ氏
けれども手先に不安は生まれない

何故って
器具の音をガチャガチャさせないし
すっと口の中にドリルを差し入れて来るし

唇や舌にむやみに指が当たらないし
施術中はいつも目を瞑っているのだけれど
無駄のない手の動きを感じることが出来るのは
やはり器用としか言いようがないと
通い始めて二回目でもう気が付いていた

以前は大学教授の医院に通っていた
けれど年数が経つにつれて
歯科の器械やら器具やらが古くなるのと同じく
教授先生の腕前も旧くなってしまって
夜も眠れない痛みを訴えたところで
何の処置もせず痛み止めの薬を出すだけとなった歯科医師に
私は見切りをつけＳ医院の扉を叩いたのだった

あぁ明るい医院の佇まいに新しい器械
壁の棚にはリヤドロのつやつやとした陶器の天使たち
医院紹介のパンフレットには
教授先生よりも数十年の若きプロフィールがある

S氏の指先が私の前歯をそっと押さえている
これはまだ口を閉じてはいけない合図
「わかっています」と心の中で返事をしつつ
削られる音に怯えても
神経を触られてびくんとしても
痛みを取り除く術をおもちだと理解している私は
やはり目を閉じたままシートに横たわり
じっと待っている
口を閉じる合図の下顎をそっと持ち上げるその指先を

治療終わりにはもうS氏は傍らにはおらず
いつも斜め後ろ辺りから
「お疲れ様でした」とおっしゃるだけで
通院し始めて二ヶ月目だというのに
雄弁なる指先とは違い
目の表情しか私は知らない

耳持つ人の物語

——Habis gelap terbitlah terang.（インドネシア語）
「闇の終わりに光が射す」

ジンバラン*の町角で
訊ねられた声色は
「ちょっとおたずねしますが
　わたしの行く道はどちらの方向でしたか」だった
トッケイ　トッケイ　トッケイと
連続で鳴くはヤモリ

思いの外リズミカルなんだもの
ついつい踊り出したじゃない
トッケイ　トッケイ　トッケイと七回数えられたなら
しあわせの形になるんだって

王宮プリ・サレンに灯が点る頃
ガムランの
銀色の色が鳴り響く
ハンマースティックを振り下ろし
更に音が重ねられてゆく
煌びやかな歴史が
未だ眠りを止めぬところ

その声を

そのリズムを
蓮の花の開く音を
もちろん小さな羽音も
踊り子の衣擦れの密やかさも
絶対に聞き洩らしたりはしないよ

＊　インドネシアはバリ島の地名

消えたふたりの物語

六甲山に登っては紫陽花をお土産にくださるおうちがあった

とんがりお屋根の可愛くて小さな洋館
近所でも飛び抜けて目立つおうちに
ご夫婦二人だけのお住まい
スカーフを小粋に巻くおばさまとハンチングを被るおじちゃん
子ども心になんとお洒落なと思ったものだ

いただいた紫陽花は毎年

我が家の庭に綺麗に咲き誇った
庭といっても車庫の横の
薔薇やら向日葵やら躑躅やら柊やらが雑多に咲く場所やったんやけど

「ご夫婦二人やから　そらそら綺麗に住んではるわなぁ」と
母親も隣りのおばちゃんも口々に
あの二人が近所を歩くだけで
子どもに聞かれへんような小声で噂話を
もちろん子どもは聞いてるのやけど

少し大きくなって
中学に入るか入らないかの頃
ある日知らん大人の男性がやって来た
「あの洋館の○○さんやけど　どこに行ったかご存じないか」と

ハンチングのおじちゃんだけが写ってる写真も見せられた
留守番でもしていたのか
わたしだけが一人家におり
「いや知りません　そもそもどこかに移られたというのも
　今　知りました」
と言うと
「おらんのよ　誰も　なにか分かったら　ここに電話して」と
名刺をひとつ置いて帰って行った

大人の小声の話から分かったことがある
「興信所って…」
「ほんに色気があったわな」
「奥さん側がどうやら探しに来たらしいで…」

紫陽花は土の成分に因って色を変えるのよと
うちに根付いた紫陽花を見ながら
あの小粋なスカーフのおばさまが教えてくれたことがある
「ここの土には合ったようね　六甲から連れてきた甲斐があったわ」と

そういうたら土地の言葉とは違ってた
おうちもお洒落もおじちゃんも全ての空気が
土地のもんとは違ってたんやと

気付いたわたしは
小声で話す大人の側に
すっかり立っているのでした

人差し指

とある港町から
そのまま真っすぐ北上した
山が迫るメトロの駅近く
五差路の交差点で
人差し指が落ちていました

人差し指だとわかるのは
爪の形が一番楕円に近いからだと
瞬時に判断出来た

自分自身を褒めてやりました

そういえば幼少期から
人さまを指差しちゃいけませんと
きつく教わったものでしたね
せめても手の平を上にして
そちら
こちらと
言わなければならなかったのでしたわね

けれども
他人様はわたくしを指差しては
あれこれあれこれ
蠱惑的な言葉と共に

胸のあたりを
揺さぶり続けるのでした

ねえご存知でしょう
人さまを指差してはいけないこの人差し指は
唇に当てると
「お静かに」
という意味だということを

落ちていた人差し指は
そっと拾い上げて
メトロに乗り込み
マジョリティーを標榜する
ターミナル駅の忘れ物センターに

落とし物として届け出てまいります

拾得物件預り書に
わたくしの人差し指で
いちいち確認しながら
名も住まいも書き入れては
遺失物の持ち主からの
お礼の電話を
ずっとずっとずっと
待っていようと
心を定めているのです

じゃがいものお献立

うちから右に曲がって三軒目のＦ氏の奥さんが
「北海道の田舎から送って来たじゃがいもですねん」と
小振りの段ボール箱に　どうやって入れたんやろというくらい
キツキツにじゃがいも　いっぱい入れて
わざわざ持ってきてくれはった
「そら　おおきに　こないに沢山」というと
奥さんはニコリともせずに　玄関から踵を返して出ていった
肉じゃが　ポテトサラダ　カレー　シチュー　と献立を考えながら
想像よりは軽めのその箱を　ベランダの隅に置いてみた

そしたら　じゃがいもでキッキッのはずのすき間から
ざらざらザラザラ ZARAZARA と　細かな砂粒が湧き出てきて
困惑するスキを与えてくれないうちに
じゃがいもはどんどん芽吹いていくのでした
あかんて　確か　じゃがいもの芽には　神経に悪さをする
なんちゃらとかいう毒素があるんとちごたかいな
と
これまた考えてる間にも
芽はどんどんどんどん伸びて伸びて　私の足元に絡まって来るのでした
じゃがいも料理の選択肢が　間違っていたんやろかと
献立のせいにしながらも　絡まる芽に足元をすくわれてしまいそうです
ざらざらザラザラ ZARAZARA と　細かな砂粒も目に入ってきて
ああスンマセンでした　じゃがいも献立のスター　コロッケさまを
思い浮かべなかった

否　正確にはめんど臭いコロッケはええわ　って
チラリとでも思ってしまった私が　いけなかったのでしょうと
反省の弁ばかりを繰り返す次第で

と
目覚ましのベルに飛び起きて
夢だったのかと少し胸を撫で下ろしながらも
作らなかったコロッケを
木曜と金曜しか開いてない肉屋さんに
小振りの段ボール箱いっぱい分　買いに行くことに決めたのでした

襟巻きのミンティ

遺失物取り扱いセンターは　ピンク色の路線で出向かなければならない　わたくしの家からは小一時間はかかるメトロ駅にあるのでした

降りたことのない駅はよそよそしく　改札の駅員さんにセンターの場所をたずねると「この改札を出て　続く地下道を左に進むと右手に見えてきます」と　低いぼそぼそ声で左への進むべき矢印を差し出すのでした　確かにここは　ピンク色の路線でも主要駅のはずなのだけれど　地下のショッピング通りからは遠く　進むべき地下道はただただ地下道なだけであるのでした

それでもわたくしは薄緑色の路線のとある駅で忘れた　ミンクのロング襟巻きを取り戻すためには　左へ左へ緩やかに曲がりゆくその地下道を　ただただ進むしか為す術はなく　そういえばだんだんと人通りも絶えてきて　かれこれ半時は歩いているのではないのかと思うと　ミンクロング襟巻きを置き忘れた咎で　地下の【異質物センター】へ押しやられてしまうのかもしれないと　大粒の泪をポトリと落とす寸前に　右手にセンターの入り口を見つけて　中が見えないステンレスの扉をずろりと押し入ったのでした

誰も居ない受付のベルをリンと鳴らすと　優に二メートル近い細身の若い男性が現れ出でて　「遺失物№はご存じですか？」と問うのでした「予め電話で伺いました　告げられた私の遺失物№は　『西 2768』です」と伝えると「車内では暑いからと外してホームの椅子の上に置き去りに

されたミンクの気持ちを考えたことがありますか」と詰め寄ってくるのでした

「ミンクは置き去りにされたショックで生き返り　ロングテールをふるふる振り回して　それはそれは大騒ぎでしてね　そもそも襟巻きになんかになりたくはなかった　とこう宣う始末でして」「ミンティって　あだ名をつけて呼んでいたから　命を宿したのでしょうか　それも私の咎なのでしょうか」と問うと　どうやらその質問は　望ましいものではなかったらしく　手続きの書類にサインをするよう　ペン先でカンカンとその箇所をたたくだけの男に成り果ててしまいました

とこうするうちに　受付の机から衝立の奥に引っ込んだかと思うと　腕に私の〝ミンティ〟を引っかけて出てきては　こう言うのでした「もう二度と忘れることなどないように　二度目はありませんよ　もうそれ

はあなたの※●○▲◇★なのですから」と男が呟いた刹那　ミンティは私の頸もとにするんと巻きつき「さぁ帰ろうね　もう二度目はないのだから」と　帰路につくよう　軽く頸筋を締めてきては　促すのでありました

*

あとがき

両親を見送った。喪失感がじわりじわりと迫り来て、私もあの世へと逝く物体なのだと、改めて了解した。もう残りの人生はここまでの人生ほどの長さを持ってはいやしないのだと。なんとかまだ、人生の逆算が出来る今だからこそ、想いを遺したい。グッと自分を掘り起こしたら、改めて言葉への思いが強く湧き上がり、扉を叩いたのが大阪文学学校であった。

教科書以来の詩との邂逅。瞬く間に虜となった。松本衆司チューター、苗村吉昭チューターに、「詩のいろは」からご指導を受けた。この出会いに感謝しかありません。バックグラウンドは違えども、詩を愛する詩友たちとの素敵な巡り合いも続き、多くの学びを頂戴した。

「ちゃうんちゃいます?」は、そんな中で書いた一篇。大阪生れの大阪育ちの私にとっては、やはり〝想い〟を強くのせられるのが大阪弁である。青年期を経て、中年期を過ごす今だからこそ「ちょっと、ちゃうんちゃいます?」と考えさせられることも増えてきている。言いづらいことも、声に出して言うべき年齢がやってきているのだろう。まだまだ稚拙な中身と見かけのガワとの乖離はあれども。

これからも、より言葉を大切に、詩作を続けていきたい。家族と共に、続く人生の毎日を丁寧に紡ぎながら。心からの感謝を言葉に込めて、有り難うございました。

二〇二一年七月の誕生日に

角野裕美

著者略歴

角野裕美（かどの・ひろみ）

Office Catalyst 代表
国家資格キャリアコンサルタント
小論文講師

2013年から2016年まで、大阪文学学校にて詩を学ぶ。
本書が第一詩集。

Twitter　@hiromi_kadono

詩集　ちゃうんちゃいます？

発行　二〇二一年十一月三十日

著者　角野裕美
装丁　木下芽映
発行者　高木祐子
発行所　土曜美術社出版販売
〒162-0813　東京都新宿区東五軒町三—一〇
電話　〇三—五二二九—〇七三〇
FAX　〇三—五二二九—〇七三二
振替　〇〇一六〇—九—七五六九〇九
印刷・製本　モリモト印刷

ISBN978-4-8120-2658-8　C0092